라일락과 고래와 내 사람

김충규 시집

문학동네시인선 037 김충규

라일락과 고래와 내 사람

시인의 말

‘침묵’ 속으로 잠행하기 위하여 벌레는 몸을 웅크린다. 비어 있는 나뭇가지에는 새의 유령이 일렁거린다. 벌레의 울음과 새의 유령의 울음 사이에 내가 있다.

2012년 1월 4일
김충규

차례

시인의 말   005

라일락과 고래와 내 사람   010
맨홀이란 제목   012
잠이 참 많은 당신이지   014
허공의 만찬   016
말할 수 없이 지겨우니까요   018
수렁   020
검은 눈물을 흘리는 물새   022
불행   023
유리창과 바람과 사람   024
저녁에서 아침 사이에   026
(까마귀 우는 환청이 들렸는데)   028
밀림   030
안개, 풍성한 여인   032
우리는 누구인가요?   033
하필 물새여서   034
오늘은 휴일   036
허공의 미궁   038
지평선에 이르기도 전에   040
들불   041

나비와 고양이는 서로 만나지 못했다 042
그렇지만 고래는 울지 않았다고 한다 044
뱃속에서 울렁울렁 046
가는 것이다 048
어느 해변에 가야 049
허공의 범람 050
웃는 새 051
죽은 조상을 등에 업은 사내 052
밤이 되면 053
저물 무렵의 중얼거림 054
당신, 참 이상한 사람 056
오늘 저녁 메뉴 058
내일이 오지 말기를, 중얼거리는 밤이다 059
먹구름을 위한 060
뭐였나, 서로에게 우리는 061
뱀과의 입맞춤 062
얼른 가자 숲으로…… 064
물결의 고통 065
당신의 귀울림과 고래의 관계 066
음악은 흐릅니다 068
언제부터였는지 기억나지 않는군요 069

안개 속의 장례　　070

꽃의 웃음에 대한 비밀　　072

나비 요리　　073

산 그림자　　074

밀교(密敎)　　075

페루 청년의 구지가(龜旨歌)　　076

모래 냄새를 맡는 밤　　078

벼랑의 일각수　　079

기억의 퇴적층　　080

기러기는 아프리카 쪽으로　　082

지금 보스턴에도 보슬비가 올까　　084

참으로 오랫동안　　086

허공을 향해 중얼중얼　　087

앓는 눈동자를 꾹 누르면　　088

낙타의 뼈　　090

구름의 감정　　091

미풍, 또한 다 저물고　　092

악몽　　094

포로수용소　　096

추모 발문 097
이병률 · 이승희 · 이재훈 · 조동범

라일락과 고래와 내 사람

라일락이 보일락 말락
어디에 숨었니? 내 사람

공기가 삭아내리는 소리

라일락 향기 지독해서
숨어버린 거니? 내 사람

라일락을 가진 집의 지붕 위에
찌그러진 심장 반쪽
다급히 숨은 거니? 내 사람

저 집은 죽은 고래
저 심장은 고래의 각혈 덩어리

내가 먼바다에서 잡아온 고래가
라일락 향기에 죽었다

내가 이 세상에 낳아보지 않은
희미한 딸이
멀리서 손짓하는 한참 오후
눈 비벼보면 아지랑이

삭은 공기를 질질 끌고 가는
허파에 구멍이 뚫린 늙은 바람
어디 숨어 우는 거니? 내 사람

내 심장을 꺼내 먹이면
고래가 숨을 얻어 허공을 헤엄쳐오를까
그러면 나타날 거니? 내 사람

라일락이 피기 전에 온다 해놓고 못 와서
어둠이 징검징검 허공 딛고 오도록
꼭꼭 숨어버린 거니? 내 사람

내가 심장을 꺼내기도 전에
심장에 불이 타도록

라일락 다 지고 고래 다 썩고
그런 뒤에 나타나려니? 내 사람

맨홀이란 제목

당신 살결에서 맨홀 냄새가 나요
맨홀 속에 죽은 나비들이 바글바글
길이 되지 못해 질주하는 강이
질주하지 않으면 썩어버리는 강이
당신의 등뒤에 수북이 쌓입니다
강물로 당신의 살결을 내가 씻어줄 것 같나요
그냥 등돌릴 것 같나요 맨홀 속에 가득한 죽은 나비들 중에
아직 살아 있는 나비가 있을까요
그게 질문인가요? 라는 표정으로 당신은 무심히
나를 멸시합니다 말없는 표정만의 멸시가
얼마나 후끈거리는지 당신은 모르는 듯합니다
당신을 벽화로 제작하는 상상을 합니다
생생한 벽화를 보려고 몰려올 사람들에게
입장료를 받아도 될까요? 이것만은 당신에게 허락을 구
하고 싶습니다
벽화에서도 맨홀 냄새가 나면 어쩌지요
맨홀 속에서 일생을 살았다는 사내를 압니다
그 사내는 죽은 나비를 먹고 연명했다고 합니다
그 사내가 나인지도 모릅니다 내 최종 목표는
당신을 강이 아닌 맨홀 속으로 끌어들이는 것입니다
용서하세요 당신 살결의 맨홀 냄새를 씻어드릴게요
아닙니다 나는 그리 착한 사람이 못 됩니다
당신을 강으로 밀어버릴지도 모릅니다

내 속에 죽은 나비가 바글바글하니까요
그 사내가 나인지는 정말 말하지 않겠습니다
제 발언은 여기까지입니다
이만 씻으러 강에 가겠습니다

잠이 참 많은 당신이지

오늘 내가 공중의 화원에서 수확한 빛
그 빛을 몰래 당신의 침대 머리맡에 놓아주었지
남은 빛으로 빚은 새를 공중에 날려보내며 무료를 달랬지
당신은 내내 잠에 빠져 있었지
매우 상냥한 것이 당신의 장점이지만
잠자는 모습은 좀 마녀 같아도 좋지 않을까 싶지
흐린 날이라면 비둘기를 불러 놀았겠지
비둘기는 자기들이 사람족이 다 된 줄 알지
친절하지만 너무 흔해서 새 같지가 않지
비둘기가 아니라면 어느 새가 스스럼없이 내 곁에 올까
하루는 길지 당신은 늘 시간이 모자란다고 말하지만
그건 잠자는 시간이 길어서 그래
가령 아침의 창가에서 요정이 빛으로 뜨개질을 하는 소리
당신은 한 번도 듣지 못하지 그게 불행까진 아니지만 불
운인 셈이지
노파들이 작은 수레로 주워모은 파지들이
오래지 않아 새 종이로 탄생하고 그 종이에
새로운 문장들이 인쇄되는 일은 참 즐겁지
파지 줍는 노파들에게 훈장을 하나씩!
당신도 그리 잠을 오래 잔다면
노파가 될 때 파지를 줍게 될 거야
라고 악담했지만 그런 당신의 모습도 나쁘진 않지
잠이 참 많은 당신이지 마부가 석탄 같은 어둠을 마차에

신고
　뚜벅뚜벅 서쪽으로 사라지는 광경을 보지 못하지만
　꼭 봐야 할 건 아니지
　잠자면서 잠꼬대를 종달새처럼 지저귈 때
　바람 매운 날 이파리와 이파리가 서로 입술을 부비듯
　한껏 내 입술도 부풀지
　더 깊은 잠을 자도 돼요 당신

허공의 만찬

　수줍게 빛이 지상을 어루만지고 개구리가 뛰고 나무가 뛰
고 짐승이 뛰고
　허공에서 장례를 치른 나비들이 가느다랗게 흐느끼며 어
디라고 할 것 없이 날아가고
　시궁창에 빠져 냄새를 풍기는 오래된 빛이 천천히 삭아
내리고
　늙은 쥐가 오갈 데 없는지 제 발톱을 뜯으며 한숨을 내
쉬고
　울지 마 곧 밤이 와 밤이 오면 지금까지와는 전혀 다른 모
습으로 변하여
　저 허공에 성곽을 지으러 올라가야지 허공만이 유일한 안
식처
　둥둥 허공으로 떠오르는 영혼들을 봐 지상에서 고단했던
영혼일수록 더 가볍게 둥둥
　나비같이 투명한 영혼은 제트기같이 빠르게 허공으로 올
라가
　개구리도 나무도 짐승도 허공에 가볍게 오르기 위하여 뛰
는 연습을 하는 거야
　빛이 수줍게 내려와 시신들을 수습하는 지극히 한가롭고
평화로운 이 세상에
　만약 허공이 없었다면 어찌 생을 견뎌낼 수 있었을까
　아, 허공이 없다는 상상만 해도 질식해버릴 것 같아
　텅 비어 있어도 허공은 늘 만찬이야 영혼이 맑아 날개를

얻은 생명들이

　임대해 사는 곳이지만 뭐니뭐니해도 허공은 죽은 자들의
영혼이 머무는 평야

　산 자의 눈엔 보이지 않으나 그곳엔 늘 만찬이 벌어지고
있어 즐겁고 가벼운 영혼들만이

　그 만찬을 즐길 수가 있는데 지상에서 고단하게 살았던 영
혼들만이 주연이 될 수 있는데

　뛰고 뛰고 뛰는 소리들

　허공에 오르기 위하여 행복한 사후(死後)를 위하여

　너도 뛰지 않을래? 우리 같이 뛰자

말할 수 없이 지겨우니까요

물 뚝뚝 듣는 숲으로 가요
아주 오래전 악령들이 둥지 틀고 살던 숲으로 가요
우리에게는 아직 굶주림이 익숙합니다
굶주림을 벗어나려고 숲에 가는 건 물론 아닙니다
차라리 굶어죽는 게 나은 편이지요
고통이 우리의 밥이었다고 말하는 건 치명적인 급소입니다
우리는 그냥 입을 닫고 있습니다
숲으로 가는 데 다른 문제는 없습니다
일몰을 기다려 우리는 소름 돋은 채 숲으로 가요
아직 악령들이 영화를 찍고 있을지 모르는 숲으로 가요
숲에 이르면 우리는 사람의 형상을 그대로 유지하고 있
을까요
다른 형상으로 바뀌게 될까요 별과 달이 없는 숲으로 가요
태양도 찾아오지 않는 아주 캄캄한 숲으로 가요
눈이 퇴화한 새들이 부르는 노래를 우리가 따라 부를 확
률은 얼마나 될까요
우리를 측은하게 여길 새는 몇 퍼센트나 될까요
우리 중 그 누구도 숲에 이른 적이 없습니다
시간이 정지해 있을 수도 있는 숲으로 가요
어제도 내일도 없는 숲이 우리를 매혹시킬까요
다만 낙오자가 아직 나오지 않았어요 만족합니다
처참하게 악령에게 뜯기는 잔혹을 아직은 아무도 겪지 않
았습니다

숲이 가까워지면 우리 중 누가 맨 앞에 서야 할까요
우선 숲으로 가요 가면서 의견을 나누기로 했습니다
빨리 이곳을 벗어나는 게 유일한 길이거든요
말할 수 없이 지겨우니까요 이곳, 우우……

수렁

수렁은 비어 있어요
오늘밤 몰래 누굴 던져넣을까요
첨벙이는 소리가 나지 않는 수렁입니다
그 흔한 발자국도 빠지지 않는군요
수렁에서 건진 나무가 젖어 있습니다
아직 좀 지쳐 있군요
달이 없으니 고려가요를 부르기도 민망합니다
수렁에 달빛이 내릴 때 우리는 가없이 측은해지니까요
달의 노예로 한평생 살아도 그다지 나쁜 일생은 아니겠
지요
달은 표절하기에도 좋은 노래니까요
다만 좀 지겹지만 수렁의 달이라면 좀 다르지요
수렁에서 건진 달은 딸이니까요
젖은 발로 수렁에 들어가는 건 어리석은 짓입니다
젖음이 젖음에 섞이는 건 수렁의 입장에선 불쾌한 일입
니다
가령 죽어가는 나무를 던져넣어주면 수렁이 흔쾌히 웃지요
살릴 수 있으니까요 수렁은 숨이기도 합니다
고양이는 글쎄…… 고양이도 젖은 노래를 부르는 족속
이니까요
젖이 늘 고픈 외로운 짐승입니다
불쌍하다고 머리를 쓸어주면 화를 내는 짐승입니다
그냥 고양이 소리를 흉내내야 합니다

가소롭게 웃으며 지나가지만요
수렁 곁을 어슬렁어슬렁 거니는 고양이를 보지 않았군요
제 영혼인 듯 들여다봅니다
오래 쳐다보면 좀 무섭지요
고양이가 다녀간 뒤에 수렁을 바라보면 고양이의 눈동자
같습니다
깊이를 알 수 없습니다
깊이를 알 수 없는 것들은 모두 다 수렁입니다

검은 눈물을 흘리는 물새

검은 눈물을 흘리는 물새를 만났지 대평원인 바다를 등
뒤에 두고
검은 눈물을 흘리는 물새를 사람처럼 눈물 흘리는 물새를
물샐틈없이 내 가슴이 뻑뻑해져왔지 흰 털에 휩싸인 물새
혹 불에 타오르면 흰빛만 흩어질 것 같은 물새
네 속에 검은 유전(油田)이 있는 거니?
가까이 가면 물새가 바닷속으로 첨벙 뛰어들어
스스로 익사할 것 같아서 우울의 우물에 빠진 물새 같아서
홀로 검은 눈물을 흘리는 게 예사롭지 않아서
물새에게도 배신이 있나? 물새에게도 회한이 있나?
무리에서 떨어져 홀로 우는 물새가 검은 눈물을 흘리는데
사람이라면 손수건이라도 건네주겠지만 물새에게는
물새에게는 뭐라고 할 수 없었지 분명 이유가 있을 텐데
물새의 등뒤로 바다는 점점 꺼멓게 지워지고
물새와 나 사이에도 어둑어둑한 입자들이 몰려와
물새의 검은 눈물이 보이지 않았지 그래도 가만히 서서
뭔가 골똘하게 생각하는 물새 내 쪽으로는 한 번도 눈길
주지 않은 채
저물녘, 흰빛으로 타오르는…… 그녀, 물새

불행

썩은 냄새 풍기는 사과를 버리고
쭈글쭈글한 할미를 버리고
술이나 마시는 오후입니다
자학한 만큼 구름이 부풀고
울음을 내놓은 만큼 홀쭉해진
새가 허공에서 문득 비행을 멈춥니다
추락은 광기입니다
무엇을 광고하려고 새가 추락하는 건 아닐 텐데요
최후는 찰나이고 고요합니다
너무 고요해서 쭈글쭈글한
할미가 탱글탱글한 처녀가 되어
집으로 돌아온다 해도 무심히 쳐다볼 것 같은 오후입니다
죄(罪)를 키워서
내 몸은 참호가 된 지 오래입니다
내 몸이 옥(獄)이고 내 생활이 유배입니다
날개를 갖지 못한 것이 나의 가장 큰 죄입니다
날개를 가졌다면 허공에서 나는
참혹한 광경을 광고했을지도 모릅니다
날개 없음을 불행이라 여기진 않지만
술을 마셨는데도 전혀 취하지 않는 이 오후를
벌레처럼 짓이기고 싶습니다
이런 내가 징그럽습니다

유리창과 바람과 사람

유리창에서 바람이 미끄러진다
먼 곳에서 우리집 쪽으로 하염없이 밀려와
발코니 유리창에서 그만 미끄러진다
저 바람의 숙박은 대체 어디여야 하는가
한때 내가 나를 들판에 버려서
어디 향할지 몰라 허둥거리던 영혼을 보는 듯
기실 저 바람이란 누군가의 영혼이 떠도는 것인지 몰라
유리창에 부딪혀 피 흘리는 바람의 영혼이 측은해
눈길을 피한들 내 영혼의 숙박이 온전한 건 아니다
영혼이 매일 변신을 거듭한다면 모를 일이나
저리 미끄러진 바람은 절룩일망정 변신하진 못할 것이다
바람의 육체가 수시로 변한다고 믿는 건
사람의 어리석음일 뿐
한번 얻은 육체는 바람도 사람도 어쩌지를 못하는 법
하여 서럽기도 하고 생이 두렵기도 하고
유리창에 미끄러지기도 하는 것
저렇게 살다 죽더라도 바람이 묘비명을 남길 일은 없듯
내 가련한 영혼과 육체가 분리되는 순간이 오더라도
나는 묘비명을 남기지 않을 것이다
그저 세상이라는 유리벽에 반복적으로 미끄러지다
일생을 훌쩍 허비한 것에 불과할 테지만
앞을 가로막은 유리창을 원망할 필요는 없는 것
바람은 바람 없는 영원의 숙박을

사람은 사람 없는 영원의 숙박을
그나 나나 사후(死後)는 그리 고요하면 아주 그만

저녁에서 아침 사이에

죽은 자가 혀로 새의 등을 쓰윽 핥는 소리
허공에서
막다른 허공에서

미래를 모르는 새가 다른 하늘 쪽으로 빠르게 휘어진다
다른 하늘 밑에는 다른 세상이 풍성하게 익어 있지만
이 세상에서 다른 세상까지 걸어서 가는 길은 없다
날개만이 닿을 수 있는
죽은 자가 부르는 흥겨운 노래를 듣고 싶은 저녁에
내게 아무 기적이 일어나지 않는 저녁에
죽은 새끼를 낳아놓고 연신 혀로 핥아대는 암소같이
죽은 자의 등이라도 핥고 싶은 저녁에

걱정 마, 당신 죽으면 새로 환생할 테니
당신은 늘 다른 세상을 열망했으니
이 세상으로 날아오면 혀로 깃털을 핥아줄게
순한 애인에게 속삭이는 사내의 음성
그 사내는 나일까 내 속의 너일까

새를 부르지만 새는 내게 한 번도 날아오지 않고 휙 스쳐
가버리고

가끔 꿈속에서

내가 날개를 펴는 소리
그 소리에 화들짝 잠을 깨곤 해

누가 내 등을 핥는 소리
당신 깃털이 참 따뜻해 다정히 속삭이는 소리
누구세요?

아침에 내 잠자리에 흩어져 있는 깃털들
내가 새를 품고 잔 것인지?
새가 나를 품고 잔 것인지?
혹은 내가 새로 변했는지?

물 한 모금 마시고 싶은 아침에
햇살을 깨물며 지저귀고 싶은 아침에

(까마귀 우는 환청이 들렸는데)

그 밤에, (까마귀 우는 환청이 들렸는데)

먼 국경지대에서 유혈사태가 일어나 허공이 꺼멓게 그을
려지고
굳은 핏덩이를 식빵 사이에 넣고 우격우격 씹는 소년들
그들의 눈이 아주 맑아서 오히려 슬픔이 창궐한

그 밤에, (까마귀 우는 환청이 들렸는데)

고양이가 곁에 있다면 그의 발등을 혀로 핥아주고 싶어
골목을 어슬렁거렸으나 그 많던 고양이들 한 마리도 출
몰하지 않고
가로등이 지겹게 지쳐 있고 바람의 얼룩이 허공에 가득한

그 밤에, (까마귀 우는 환청이 들렸는데)

뒷산에서 나온 시신은 과연 누구의 것일까
암매장당한 시신은 빛을 봐 즐거울까

내 목덜미를 핥는 공기의 혀가
죽은 자의 혀처럼 무섭고 징그럽게 느껴져

까마귀 우는 환청이 들렸는데, (그 밤에)

먼 국경지대에서 날아온 귀 잃은 까마귀가
내 귀를 가져가겠다고 말했다

귀를 내어주고
아무 소리도 못 듣게 된 나는
비로소 까마귀 우는 환청이 들리지 않았다

밀림

밤새 죽은 물고기들이 널려 있었나 비린내 물씬한 풀밭
지나가다가 뱀이 혀로 욕을 한다 침을 뱉지 않고 시늉만
하는 경멸이 더 경멸스럽듯
아무 소리 없이 혀만으로 욕하는 뱀, 그 뱀의 대가리를 돌
로 치고 싶을 만큼
하늘이 너무도 맑아 기분이 더러운 날
근처 숲으로 사라진 식구들은 뱀이 되어 다른 풀밭을 기
어다니는지
알을 낳는지 보이질 않고 함께 온 이웃집 사람들도 보이
지 않고
뱀의 알을 훔쳐 축축한 혀로 쓰윽 핥아보고 싶은데
뱀은 알은커녕 혀로 욕만 하고 멀어진다 눈멀어버려라,
뱀아
그러나 정작 너는 사악하지 않으려고 허물을 벗는 족속
나는 죄(罪)로 인해 허물을 벗지 못하는 족속이다
내 몸속의 핏줄을 술술 뽑아내어 가마니를 짜고 싶을 만큼
몸이 괜히 저절로 뜨거워져 견딜 수가 없어
다리가 퇴화한 뱀처럼 기어다니고 싶어
아무도 없는 이 풀밭만 둥그렇게 떼어내 우주선처럼 띄
우고 싶은데
한마디 말을 하지 않고도 살 수 있는 다른 공간으로 이동
하고 싶은데
비린내가 가시지 않는 풀밭, 어쩐지 몸이 가려워

허물을 벗어보려고 버둥거리는 나
지겹다며 갑자기 침을 퉤, 퉤, 뱉기 시작하는 구름
순식간에 풀들이 우람하게 우거져
밀림으로 변해버린 풀밭
아나콘다의 숨소리가 점점 가까워지는
제길, 식구와 이웃집 식구들이 작당하여
이 풀밭 아니 이 밀림에 나를 버렸다고밖에

안개, 풍성한 여인

안경 앞까지 차오른 안개 때문에 그 해변에 가는 걸 포기
했지
매혹적인 축축함으로 말을 걸어오는 안개
나랑 같이 놀래? 말을 거는 안개
해변을 걷고 싶었는데, 안개가 해변을 밀쳤다 미련을 버
리고
안개가 내 몸을 핥는 것을 내버려두지
낯선 짐승의 혀처럼 징그럽지도 않고
그렇다고 연인의 혀처럼 다정하지도 않지만
미묘한 안개의 혀
하의를 벗고 있어도 모를 것 같은 안개
어떤 노래를 불러도 젖어버리는 안개
준비된 자는 그래도 해변으로 떠나겠지만 난 언제든
주저앉을 수 있는 사람이야
안개는 외면할 수 없는 풍성한 여인
기차를 타고 그 해변에 갔더라도 안개 생각에 일정을 취
소하고
돌아왔을 가능성이 매우 높지
누구를 비난하고 싶니? 욕해봐 속삭이는 안개의 말은
얼마나 다정한지 귀여운 소름이 돋을 지경
젖이 넘쳐흐르는 안개 속에서
검푸른 내 성질이 놀랍게 유순해지는 것을 느끼지
나, 풍성한 여인의 품에 안겨 잠든 아기지

우리는 누구인가요?

맑은 어둠이 촘촘한 밤
어제 죽은 사람에 대해 아무도 말하지 않는 밤
죽은 자의 마지막 숨결과 갓 태어난 자의 첫 숨결이
한 공간에서 겹친다면 이 밤이 적격일 듯

당신은 아직도 달을 노래하나요? 죽은 아이들을 낳느라
자궁이 헐어버린 달이잖아요

하염없이 우는 영혼이 우리에게는 없습니다
우리 모두는 자궁 속에서 죽은 태아같이 웅크리고만 있
습니다

숨결이 간결해지려면 맑은 어둠을 더 많이 들이켜야 합
니다

울음을 조심해야 하는 밤
울음의 구근을 쥐들에게 던져주는 밤

은밀하게 흡혈하기 위하여
우리는 서로의 흰 목덜미를 드러내놓습니다
누구의 피가 가장 달까요?

하필 물새여서

물새가 물을 얌전하게 먹을 때
나는 바위에 앉아 발목에 박힌 총알을 빼내고 있었어요
휴대용 칼로 살점을 벌리고 조심스레
의사만큼이나 조심스레요
물새가 물을 다 먹을 때까지는 조용해야 하니까요
아니 물새는 내가 큰 소리를 내어도 날아가지 않았어요
놀라는 시늉도 하지 않았어요 총알 박힌 곳이 발목이 아
니었다면
당장 뛰어가 요절을 냈을 텐데
아니에요 용서하세요 물새를 학대할 생각은 없었어요
내가 물새를 얼마나 사랑하는데요 딸을 낳으면
이름을 물새라고 지어주고 싶었는데요 믿어주세요
나는 배가 고팠지만 물을 안 먹었어요
우선 총알을 빼야 했어요 물새는 얌전하게 물을 먹고 있
었어요
나를 방해하지 않았어요 하지만
물새는 은근히 나를 즐기고 있는 듯했어요
병신, 그러니까 총이나 맞지! 하는 듯이요
여유가 표정에 넘쳤어요 물새만 아니었다면
가령 멧돼지였다면 육탄으로 덤벼들었을 텐데
하필 물새여서 참, 어쩌지 못하고
왜 나는 물새가 물을 먹는 곳에서
총알을 빼야 했는지 차라리 심장을 빼내는 게 낫지

눈에 물이 가득 고인 물새는 총알 한 방이면 골로 갈 텐데
물새는 그냥 물만 마시며 빵빵해지고 있었어요

오늘은 휴일

시체가 쉬이 부패할 것 같은 음울한 날씨
빗줄기가 퍼부을 듯 그러나 퍼붓지 않는
마음이 어어 어둡다
촛불을 켜고 싶은데 초가 없다
식욕이 달아나버림
문득 해변을 걷고 싶은 생각 유감스럽게도 이 도시엔 해
변이 없다
해변에서 젖을 내놓고 있는 여인을 만나고 싶다 만날 수
있을까
젖을 내놓은 여인들 대신에 젖을 내놓은 시체들이
파도에 떠밀려온 시체들이
나란히 무섭지 않고 쓸쓸하게 널려 있으면 어쩌지? 하는
걱정이 잠시 다녀감
물고기들이 젖을 뜯어먹는 상상, 끔찍하기보다 우울함 오
늘의 날씨만큼이나……
시체 옆에 나란히 누워보는 건 어떨까
빳빳해진 시체는 내장도 빳빳한지 궁금한데
지방세를 온라인으로 입금함
지방으로 배가 점점 불러옴 저녁이 온다
해변에는 오늘 중으로 못 갈 것이다
이 도시 밖으로 이어진 전철을 타거나 버스를 타야 한다
운전을 못하므로
더구나 오늘은 휴일, 집 안에서 뒹굴기에 좋은 날이므로

빗줄기가 굵게 떨어질 것 같으므로
핑계는 더 많음
해변에 가도 젖을 내놓은 여인이 있을지 의문
젖을 내놓은 시체들이 있을지도 의문
해변은 머릿속으로만 그리거나 온라인에서 감상해도 됨
저녁이 점점, 물파스처럼 화끈하게
잠이나 일찍 자자
(내일은 해변에 더 못 간다 회사에 가야 한다
회사에 감춰놓고 먹는 꿀단지가 있으므로
회사에서 해변을 꿈꾸는 건 극약을 먹지 않고서야……)

허공의 미궁

슬슬 몰려오는 어둠이
그을린 그것이
지옥을 품고 온 듯 그것이 숲을 슬슬 차지할 때
물기 없는 노래를 부르는 새를 숲이 버리고
버림받은 새도 숲을 버리고
허공에 난 미세한 구멍들—
빛이 빠져나가려고 안달하는 미궁
세상을 버린 이가 저승에 드는지
지상의 어느 한 지점에서 잠시 흰빛이 한 뭉치 쑥 올라와
구멍을 통과해 나가는 소리
구름들— 허공의 불편한 근육들이 긴장하고 있다
새들— 허공의 문장이 되지 못한 글자들이 수북수북 날
아간다
땅에 태(胎)를 몰래 묻는 어린 어미가
잠시 허리를 펴고 고개를 들어
구름에 눈 맞추고 새의 비행을 눈망울로 채집한다
가느다란 빛으로 세상에 왔던 아기는 죽어
허공의 구멍 속으로 빠져나가고
아기가 한때 웅크렸던 어린 어미의 자궁엔
이제 그을음이 가득하다
물컹한 것, 젖이 불어서
수건으로 젖을 짜내는 어린 어미가
밤이면 홀로 나와 허공을 올려다본다

그니가 기다리는 건 새 아기가 아니라
구멍 속으로 빠져나간 죽은 아기의 그 숨결
천국에서 잘 지냈다 다시 오렴
자궁 속의 그을음을 씻자고 밤이면 홀로 나와
허공을 보며 기도하는 어린 어미의 어깨 위로
미처 빠져나가지 못한 빛이 사부작 내려앉을 때
그을린 새들이
세상 밖으로 훌쩍 넘어간다

지평선에 이르기도 전에

지평선에 이르기도 전에 둘 중 하나가 죽어 나간다면?
지평선으로 향하면서 우리는 서로의 그림자를 바라보았다
우리가 손을 잡지 않았는데 당신 그림자와 내 그림자가
서로 손잡고
다정한 흉내를 취할 수 있을까
가령 잠시 머무는 듯 훌쩍 가버린 가을에 대해
곰곰 생각해보다가 내년 가을이나 기다리지 뭐 이내 체
념하듯
우리는 그림자를 이내 잊었다
밥솥이 뿜어내는 수증기같이 지평선에서 구름이 솟구쳤다
큭큭, 까닭 모르게 당신이 웃음을 터뜨렸다 기러기 울음
처럼 길었다
산 하나가 우리 뒤를 밟아왔다
마치 어린것들을 보호라도 하겠다는 듯
우리의 그림자는 모르는 사이 산으로 들어가 나무로 서
있었다
지평선에 이르기도 전에 둘 중 하나가 죽었으면!

들불

네 무릎에서 내 무릎 사이에
그늘이 깊다 누워 조금 뒤척이던 구름이 심심한 표정이다
풀들이 울었다 일 그램의 바람도 없는 한낮인데
풀 쪽으로 귀를 기울이느라 서로의 무릎 사이가 더 벌어
졌다
둘 중 하나의 무릎이 모래처럼 흘러내릴 가능성에 대해
하늘에 물어볼 필요는 없다
각자의 무릎 속 사막에서 모래가 쓸리는 소리를
우리는 이미 듣고 있었으므로
우리와 지평선 사이에 뭉글뭉글 들불이 피어오르는 중이다
마른 풀 사이 벌레들이 발광할 것이지만
우리에겐 그들을 구해줄 힘이 없다 불을 앞지르지 못한다
다만 둘 다 무릎을 세우려고 자세를 고치는 중이다
등을 돌리고 있는 건 아니지만
침묵의 시간만큼 서로의 표정이 낯설게 느껴져
일어날까 말까 궁리중
일몰 때까지만 이러고 있자 하는 심정으로
우리는 들불을 바라보고 있다 차가운 들불이다
식은 공기들을 입속에 넣고 내가 먼저 하품을 하고
너는 졸고
그 순간에
날개 없는 벌레들이 일제히 허공으로 날아올랐다

나비와 고양이는 서로 만나지 못했다

실명한 목련이 우는데
그 뒤편 담장 위에서 나비를 기다리며
햇빛 쬐고 있는 고양이가 그 울음에
가만히 젖고 있는데
그 아래를 지나는 노인의 누추한 그림자가
담장에 얼룩으로 무늬진다 노인이 사라져도 얼룩은 담장
을 떠나지 않는다
집 안에서 흘러나온 하모니카 소리
그 소리 다 받느라 허공의 피륙이 느슨해질 때
고양이의 털이 꾸덕꾸덕 마르는 소리

나비는 왜 한 마리도 날아오지 않는가

울음이 잦아드는가 싶더니 목련이 고양이를 날름
제 몸속으로 잡아들였다 목련이 다시 우는데
고양이의 울음이 섞여 있다 담장에
스미는 고양이의 얼룩
비가 엄청 와도 씻기지 않을 듯

느슨해진 허공의 피륙에
점점 얼룩이 스미고 있다 햇살의 껍질에 묻은 얼룩— 어
스름!

가장 가까운 바다에서 나비는 파도에 휩쓸렸다
하모니카 소리는
누구를 위한 울렁거림인가
오래지 않아 목련의 잎이 나오면
고양이의 얼룩이 짙게 무늬져 있을까

그 봄에
고양이와 나비는 서로 만나지 못했다

그렇지만 고래는 울지 않았다고 한다

그렇지만 고래는 울지 않았다고 한다

뭍에 올라온 고래의 울음소리를 듣기 위하여 우르르 미친
자들이 구름같이 해변에 몰렸다고 한다

그렇지만 고래는 클, 클, 숨소리도 거칠게 내지 않았다고
한다 아주 조용했다고 한다

고래의 이마에 작살이 꽂혔던 자국이 있다고 누가 말했으
나 고래는 긍정도 부정도 하지 않는 눈빛으로

사람들을 제 눈망울에 천천히 다 담았다고 한다

걱정 마, 내가 일어나면 당신들 다 내 배 속에 품어 멀고
아득한 해저로 데리고 갈게 하는 듯이……

그렇지만 고래는 고래고래 고함을 지르며 고래 쪽으로 다
가서지 못하게 하는 어떤 사람을 꼬리로 탁, 쳤다고 한다

그 탁, 소리가 둔탁하게 들린 게 아니라 마치 피아노 건반
'레'를 누른 것같이 짧지만 정교한 음이었다고 한다

그렇지만 고래는 울음을 내지르기 직전의 표정을 짓지 않
았다고 한다

실망한 사람들이 하나둘 해변을 벗어날 때 고래는 그 자리
에서 제 몸을 무덤의 봉분같이 여긴 듯했다고 한다

그렇지만 아직 실망하지 않은 사람들이 단체로 고래를 바
닷속으로 밀어넣기 위하여 으쌰 으쌰 힘을 쓸 때

고래의 피부는 느리게 실룩거렸다고 한다 괜찮아, 난 괜
찮아, 어느 통치자의 마지막 말같이……

고래는 꼬리를 천천히 움직여 해변에 무슨 글자인지를 썼

다고 한다

　고래의 문자를 배우지 못한 사람들은 그게 고래의 유서인지를 알아보지도 못하고

　그저 으쌰 으쌰 무식하게 힘을 쓰며 고래를 바닷속으로 밀어넣기 위하여 땀을 흘렸다고 한다

　유독 한 사람만이 고래가 쓴 글자가 산(山)이라며 고래를 산으로 올려야 한다고 주장했으나

　다수에 의해 묵살되었다고 한다

　사람들이 계속해서 밀었으나 고래는 미동도 하지 않았다고 한다

뼛속에서 울렁울렁

제가 잡아먹은 사람의 뼈로 만든 피리를
부는 식인종도 제 어미가 죽을 땐 슬프게
울며 그 시신을 땅에 매장할까 어미의 살도
다 발라먹고 그 뼈로 피리를 만들어 불까
내 뼛속에서 피리 소리가 들려 내
속에 나를 잡아먹은 식인종이 살고 있어 내
뼈로 피리를 만들어 부는 것인지 그가
피리를 불 때면 식사 때가 아니라도 나는
허기져 음식을 먹어대곤 하는데 그
피리 소리에 세뇌된 것같이 도저히 내가 나
아닌 것 같아서 거울을 보며 누구냐 너
라고 묻기도 하는데
뼛속에서 울렁울렁 피리 소리가 올라오는 날엔
살이 울어서
살이 대책 없이 울어서
살의(殺意)야, 내가 나를 죽이고 싶은 참을 수 없는
順순 順아 어디 있니? 칼을 다오 잘 벼린 칼을 다오
내 목을 따서 콸콸 쏟아지는 피로
저놈의 피리 소리를 잠재울 테니
쏟아지는 비명을 병에 담아 땅속에 묻어
딱 백 년 동안
잠을 자고 싶어, 내 아는 사람들이 다 죽은 후에
잠을 깨고 싶어

그런데 계속 피리 소리가 들려오면
그땐 어쩌지?

가는 것이다

어둠에 발목이 젖는 줄도 모르고 당신은 먼 곳을 본다
저문 숲 쪽으로 시선이 출렁거리는 걸 보니 그 숲에
당신이 몰래 풀어놓은 새가 그리운가보다 나는 물어보지
않았다
우리는 이미 발목을 다친 새이므로
세상의 어떤 숲으로도 날아들지 못하는 새이므로
혀로 쓰디쓴 풍경이나 핥을 뿐
낙오가 우리의 풍요로움을 주저하게 만들었지만
당신도 나도 불행하다고 말한 적은 없다
어둠에 잠겨 각자의 몸속에 있는 어둠을 다 게워내면서
당신은 당신의 나는 나의
내일을 그려보는 것이다
우리는 아직 태양의 순결을 믿고 있으므로
새를 위하여 우리 곁에도 나무를 심어 숲을 키울 것이므로
그래, 가는 것이다 우리의 피는
아직 어둡지 않다

어느 해변에 가야

어느 해변에 가야 죽으러 올라오는 고래들을 만날 수 있
나요?
어느 해변에 가야 배우자 있는 여자를 사랑한 사내가 권
총 자살하는 모습을 볼 수 있나요?
어느 해변에 가야 바닷속으로 사라진 가난한 자가 남긴 신
발을 얻을 수 있나요?
어느 해변에 가야 물고기의 지느러미를 넣어 빚은 튀김만
두를 파는 포장마차를 볼 수 있나요?
(나는 숨이 찬 사람입니다, 내가 태어난 곳은 바다가 분
명합니다)
죽기 직전의 고래의 숨을 내 폐에 가득 채워야 합니다, 그
래야 육지에서 더 버틸 수 있습니다
자살하기 직전의 사내에게서 권총을 뺏어와야 합니다, 그
래야 최후를 상상할 수 있습니다
가난한 자가 남긴 신발을 얻어와야 합니다, 그래야 그 어
느 해변인지에 이를 수 있습니다
물고기의 지느러미를 넣어 빚은 튀김만두를 먹어야 합니
다, 그래야 언젠가 다시 물속을 날 수 있습니다

허공의 범람

비가 쏟아졌고 그는 침 묻힌 손가락에 소금을 찍어 먹었다
형식 없이 비가 허공을 가득 채웠다
흘러내리는 것이 어느 천사의 하혈인지 창이 붉었다
지붕에는 헤아릴 수 없는
발자국들이 다녀갔다
—겨울인데 왜 아직 안 오는 거야?
그가 방금 전화기를 통해 한 말이 애인을 향한 것인지
새를 향한 것인지 고양이를 향한 것인지
그에게 애인이 있었다면
새가 있었다면
고양이가 있었다면
그들은 뭐라고 대답했을까
—네가 오면 되잖아, 꼭 내가 가야 돼?
그의 표정으로 보아
누군지는 모르나 그리 말했을 듯한……
땅에 내린 빗물들은 저들끼리 뭉쳐 울다 웃다 사라져갔다
붉은 창은 내내 붉었다

웃는 새

엑스레이 촬영을 끝내고 온 새가
늑막 아래 핏덩이가 뭉쳐 있는 새가
입술을 다쳐 조잘거릴 수 없는 새가
실없이 웃는다 나뭇가지가 부르르 떨릴 만큼
지난밤 태풍에 맞서느라 지칠 대로 지친 나무 속에 숨어
웃는다 새는 죄(罪)가 없어 웃음이 투명하다 웃음의 뼈
가 다 드러난다
엑스레이 사진에 뭉쳐 있는 건 핏덩이가 아닌 웃음 덩어
리일지도 모른다
웃어야만 새는 숨을 더 이어갈 수 있다는 진단을 받았는
지 모른다
지상에 바퀴 달린 것들이 질주할 때 새는 속도를 잠시 내
려놓고
실없이 웃는다 아기같이 까르르 웃는다
생전에 제대로 웃어보지 못하고 죽은 자의 영혼이
새의 육신으로 와서
이승의 오후를 소박하게 느끼는 듯이
새가, 전혀 새로울 것 없는 새가, 웃는다 새다운 오후다

죽은 조상을 등에 업은 사내

죽은 조상을 등에 업고 휘적휘적 가는 사내
숨이 가빠 잠시 쉬면서도 조상을 내려놓지 않는 사내
땀이 흥건하게 밴 옷에서 시큼한 냄새가 뿜어나오는데
아랑곳없이 사내는 젖은 담배를 꺼내 피운다
연기가 죽은 조상의 코로 술술 들어가고
자기가 죽은 조상을 업고 있는 줄도 모르는 사내
투덜투덜 조상을 원망하면서
로또나 사봐야겠다고 중얼거리는 사내
싱싱한 여자의 종아리를 힐끔 쳐다보며 입맛을 다시는
사내
힘겹게 일어나 길을 간다 집으로 돌아가는 길
죽은 조상을 등에 업고
요즘 몸이 왜 이렇게 무겁지? 까닭을 모르겠다는 듯이
손으로 비벼 끈 꽁초를 휙 집어던지는 사내
사내의 곁을 지나가는 다른 사내들의 등에도
죽은 조상이 아기처럼 업혀 있다
후손이 조상 욕을 해도 그저 귀엽다는 듯
노여워하지 않고 새근새근 잠에 빠져들고 있다

밤이 되면

밤이 되면 왠지 얼굴이 다 뭉개지는 기분이다
내 얼굴을 누가 진흙처럼 주물러버린 기분이다
더러운 기분이 들기도 하고
식은 국을 후루룩 마셨을 때처럼
스스로 측은한 기분이 들기도 한다
낮엔 멀쩡하던 얼굴이 밤이 되면 뭉개지는 기분
이런 기분 때문에 밤에는 외출을 삼간다
내 얼굴을 본 사람들이 마구 주물러버릴까봐
집 밖으로 나가지 않는다
반죽 덩어리인 줄 알고 수제비 속에 집어넣을까봐
아내가 밀가루 반죽을 할 때도 가까이 가지 않는다
얼굴에 책을 덮고 자는 버릇이 생긴 것 순전히 그 탓이다

저물 무렵의 중얼거림

타지에서 타살된 사내의 가파른 생같이
검은 비가 내장을 다 토하며 쏟아지는 저물 무렵
한기가 들어 나무의 발가락이 오그라드는 저물 무렵
장갑을 끼고 최후로 시신의 동공을 확인하는 의사같이
바닥에 날개를 비비는 병든 새같이
지하의 계단을 밟고 올라오는 죽은 자의 흐느낌같이
참기 어려울 만큼 먹먹한 저물 무렵
쥐들이 모두 숨을 참으며 숨어들고
내 속으로 죽음의 그늘이 왈칵 쏟아질 때
허공이 먹구름 사이로 질주할 때
나는 어디로 숨어들어야 하나?
무얼 해야 할지 몰라서 허둥대는 나는
힘껏 창문을 닫고
뜨거운 커피를 마시고
오늘밤은 결코 잠을 안 자리라, 다짐할 때
입술이 파르르 떨리고
내 속의 의사가 내 속의 시신을 수습하는 저물 무렵
머릿속의 먹물을 다 쏟아버려서
내일 아침은 상쾌한 허공이 열릴 거야
그러면 내 속의 시신을 꺼내 툭툭 털어서 빨랫줄에 널 수
있을 거야
한동안은 내 속의 의사가 휴업할 만큼 몸이 상쾌할 거야

저물 무렵에
목덜미가 싸늘해지는 저물 무렵에

당신, 참 이상한 사람

저세상의 것인 듯 어두운 빛이 이 세상에 오래 머물 때
공포에 사로잡힌 듯 새들이 일제히 날개를 접고 떨 때
숲으로 가자고 내게 반복적으로 말하던 당신의 의도는 무
엇이었나?
당신은 대체 누구인가 당신의 미소는 이 세상의 미소가
아닌 듯이 보여
한참이나 나는 당신의 얼굴을 빤히 들여다보아야 했어요
저세상의 빛이 이 세상으로 일부 넘어오기도 하고
이 세상의 물이 저세상으로 일부 흘러가기도 하는 거라고
당신은 내게 무슨 무용담을 말하듯 담담하게 말하였지요
그런 당신이 나는 이 세상 사람이 혹 아닌 게 아닌가 의
심했지요
죽은 여인의 자궁에서 아기가 태어나기도 하는 거예요
살아 있는 여인이 죽은 아기를 낳기도 하는 것처럼!
당신은 교사처럼 말하고 나는 당신의 말을 흘려버리기로
했어요
언제 훌쩍 저세상을 다녀오기라도 한 사람처럼 말하는
당신, 참 이상한 사람
내가 빤히 바라보자, 왜, 내가 이상한 사람으로 보여요?
하고 당신은 서운한 표정으로 말하였지요
숲으로 가요 우리 숲으로 가요
내 소매를 끌어당기며 당신은 속삭였어요 나는 도저히 모
르겠어요

숲에 무엇이 있다는 것인지 숲에서 무얼 하겠다는 것인
지……

왜 내 곁에 있나요? 정, 말, 당, 신, 누, 구, 예, 요?

오늘 저녁 메뉴

우울을 버무려 담근 된장
고통의 즙을 짜내 담근 간장
시퍼런 푸성귀로 자란 악몽을 뜯어
밥상 위에 가지런히

피와 고름으로 지은 밥에서
붉은 김이 모락모락 피어오르네요
밥숟갈 들기도 전에 군침이 돌아요

다른 반찬은 올리지 않았어요
오늘 저녁은 이것들만으로도 만찬입니다

내일이 오지 말기를, 중얼거리는 밤이다

내일이 오지 말기를, 중얼거리는 밤이다 살아온 날의 흔적을 싹 긁어내었으면 하는 밤이다 어제도 없고 내일도 없고 이런 생각을 하는 지금 이 순간만 약간 허락되었으면 하는 밤이다 코가 뭉개진 바람이 지나가는 거리에서 떼로 돌아다니는 고양이의 발소리를 듣는다 요즘 고양이는 잘 울지도 않는다 사람을 별로 두려워하지도 않고 가까이 다가오지도 않고 적절한 거리에서 노려보다가 등을 돌린다 너희도 내일이 오지 말기를, 중얼거리며 돌아다니는 거니? 물어보고 싶은 밤이다 거대한 사상은 이미 내게는 골칫거리다 장식된 책들을 솔직히 다 불사르고 싶다 다 타고 남은 수북한 재를 모아두었다가 심심할 때 물에 타 마시고 싶다 방이 아닌 큰독 안에 들어가 웅크린 채 잠들고 싶은 밤이다 나에게 심각한 표정으로 질문하는 사람을 이해할 수가 없어 그 사람과 둘이 독 안에 들어가 웅크려 자는 것도 좋을 듯싶다 나는 아직 어른이 아니지만 백 살도 넘게 살아버린 느낌은 뭘까 난을 일으킨 묘청은 전생에 고양이였을까 이런 엉뚱한 상상이 나는 더 좋다 묘청의 묘는 어디에 있을까 그 묘를 고양이들이 지키고 있는 게 아닐까 내일이 오지 말기를, 중얼거리면서도 내일 고양이들은 다시 올까? 궁금한 밤이다 야옹—

먹구름을 위한

세탁을 해도 깨끗해지지 않을 먹구름이 평야를 이루고 있다
새의 몸을 가진 듯한 까만 점 두 개가 먹구름을 비켜간다
일각수처럼 선 채 풍경이 점점 사납게 어두워지는 것을
본다
아무것도 기억하고 싶지 않은 시간이 있다 지금이 그런 때
하프를 연주하는 처녀의 목덜미에 이빨을 깊이 박아넣는
흡혈귀의 형상으로 먹구름의 표정이 일그러지고 있다
피를 빨린 처녀가 흡혈귀를 몹시 숭배할 수 있듯
나는 저 먹구름을 숭배할 수 있는 사람이다
내 피는 지극히 어둡고 나는 무엇엔가 흡입되고 싶다
지금 내게 아비가 누구냐고 물으면 저 먹구름이라 말할
수 있다
질서 없이 언제든 무너질 수 있는 영토이므로 먹구름은
몽롱한 동경이다 불안하므로 더 애틋한 불륜이다
내 입술에서 흘러나온 노래는
먹구름을 위한 것이다 나는 태양을 숭배하는 자들로 우
글거리는
이 지상에서 먹구름을 숭배하기로 한 자
신앙이라고 말할 단계는 아니지만
먹구름을 내 혈관 가득 채우고 싶은 자
하프를 배워 먹구름을 위한 연주를 하고 싶은 자
먹구름이 비를 내리지 않아도 나는 이미 흥건히 젖어 있다

뭐였나, 서로에게 우리는

서쪽으로 간다 당신은
숨숨숨 숨을 놓겠다는 건가요 해가 저렇게 퍼런데
벌레들도 용맹하게 잎을 갉으며 살아가는데
그러고 보니 당신의 등이 굽었다 오래오래 지쳤다는 증거
서쪽에 이르렀을 때 당신 앞에
큰 의자가 놓여 있으면 좋겠다 침대면 더 좋다
거기서 오랫동안 당신이 잠에 빠졌으면 좋겠다
함께 갈까요? 하는 듯이 당신이 내 눈을 오랫동안 들여
다보았을 때
함께 갈 수 없는 길이잖아요라는 듯이 나는 눈을 피했다
하필 초록의 전쟁이 벌어진 이 봄날에
당신은 서쪽으로 간다 그런 당신에게
안 갈 수 없나요? 라는 물음은 부질없다
서쪽으로 가서, 당신은 새로운 모습으로
말을 타고 이곳으로 돌아올 수도 있을까
내가 지켜본 평소의 당신이라면 어려울 듯싶은데
희미한 미소를 마지막으로 남기며
당신은 기어이 내게 등을 돌렸다
암실이 돼 있는 서쪽으로 천천히 뚜벅뚜벅
이후로 당신을 만나려면 사진으로만 만나야 한다
그런데 불행히도 당신과 함께 찍은 사진이 하나도 없다
이런 그동안 뭐했나
뭐였나, 서로에게 우리는

뱀과의 입맞춤

뱀과 입맞추면 날씨가 급격하게 흐려지려나
풀밭에서 만난 뱀과 대치중 뜻밖에도
뱀과 입맞춘다면? 하고 스스로에게 물었네
비밀을 가질수록 눈빛이 깊어진다는데 뱀은
얼마나 많은 비밀을 가져 저런 눈빛인가
뱀에게 비친 내 눈빛은 또 어떨 것인가
한 치의 나아감도 물러섬도 없이 뱀과 내가 대치중
풀밭이 어린 풀을 낳느라 식은땀을 흘리는데
갑자기 흐려지는 날씨가 불길함을 몰고 오진 않겠으나
뱀과 입맞춘다면? 내가 이런 생각을 내내 할 때 뱀도
저 인간과 입맞춘다면? 그런 생각을 내내 하고 있는 중
이라면……
입술이 깨물리는 일은 서로 없어야 할 듯
혀는 서로를 감더라도 깨물리는 사태만큼은……
누구의 독이 더 치명적인지는 아직 몰라 나도 뱀따라
서……
그렇더라도 뱀과 입맞춘다면 사람과의 입맞춤과는 다른
느낌이
문신처럼 내 영혼 깊숙이 새겨질 듯……
서로를 공격하지 않으면서 거리를 유지하면서
나는 나대로 뱀은 뱀대로 골똘하게 생각중
우리 둘 다 생각이 많아서 입을 맞출 수나 있을까
날씨가 꾸물꾸물해서 서로의 형체가 점점 희미하게 보이

는데
　서로 입술을 깨물지 않기로 하고 뱀과 내가 입을 맞춘다면
　다행히 곁엔 아무도 없어 입맞추기엔 딱 좋은데

얼른 가자 숲으로……

가마솥에 푹 고아 내놓은 것같이
바람에게서 삭은 뼈 냄새가 나
얼른 가자 숲으로……
왠지 숲엔 인간의 마을에서 쫓겨난 쥐들이 우글우글
왕국을 이루고 있을 것 같아
쥐들이 인간에 대한 복수를 우리에게 하면 어쩌지?
괜한 걱정인가
그래도 얼른 가자 숲으로……
당신, 뭐야, 나랑 안 가고 싶다고……?
난 가야겠어 당신과 단둘이!
걱정 마 내가 몰래 당신 목을 조르는 일은 일어나지 않
을 테니까
사고가 생기면 그건 내 탓이 아니라 쥐 탓이야
난 개미 한 마리도 못 죽여 소심한 놈인 거 당신도 잘 알
잖아
봐봐 요즘 우리 동네에 쥐가 한 마리도 안 보이잖아
다 숲으로 갔다니까 거기 마을을 이루고 산다니까
두렵니? 그러니까 숲으로 가, 가서 확인해봐 우리, 응?
……갈 거지?

물결의 고통

붉은 시체를 건져올리며 휘파람을 분다 팔뚝 억센 바람이
젖가슴이 더 퉁퉁 불어 있는 시체
젖을 빠는 아기의 환영(幻影)이 일렁일렁
보다가 흑 울음 쏟는 여인은 갓난아기를 잃은 적이 있는
듯한 표정이다
그 곁의 사내는 내 죽은 모습은 어떠할까? 골똘히 상상하
는 표정이다
사나운 물결은 시신이기 이전의
여자의 매력을 다 앗아갔다
벗겨진 시신을 보는 것은 시신에 대한 모독이다 누가 중
얼거리다가 사라졌다
여자의 입술은 벌어져 있었다
마지막 말
아껴서 한 말이 무엇인지
하려다 만 것인지
물결은 사납다가 어느새 축 쳐진 고환이다
문득 물결이 사나워지는 건
물결의 고통이 극대화된 것이 아닌가 싶어져

당신의 귀울림과 고래의 관계

천리 밖 바다에서 고래 우는 소리가 들린다고 당신이 말
했다
귀울림이 도졌다고 생각했다 왜 하필 고래 우는 소리인
가요?
라고 묻는 건 어리석다 그건 아마도 당신이 전생에 고래
였기 때문이라고
당신 죽으면 분명 고래로 환생할 거라고 등을 토닥거려
주었다
당신은 고래를 만나기 위하여 천리 밖 바다로 가지 않는다
마지막 눈을 감기 직전에 고래가 스스로 눈앞에 나타날 것
이라고 당신이 말했다
고래의 배 속에서 죽는 게 이 지상 최후의 꿈이라고 당신
이 덧붙였다
완벽한 실종이 될 거라고 웃었다 고개를 끄덕여주었다
죽음이 두려운 거죠? 라고 묻는 건 어리석다
고래들이 뭍으로 올라와 집단적으로 죽어가는 광경을
텔레비전으로 본 적 있었다 사람들이 바다로 돌려보내려
고 떠밀었으나……
먼 조상의 고향인 뭍으로 올라오고 싶어서인가? 라고 생
각했다
당신의 최후가 고래 배 속이라는 당신의 말을 의심하지
않는다
마지막 눈을 감기 직전에 고래가 당신 앞에 나타나기를

바란다 진심이다
　천리 밖의 고래도 귀울림에 시달려 뭍으로 올라올 계획을
세우고 있을지 모른다
　그렇게 긍정하고 싶다 그 귀울림은 먼 조상의 부름일 것

　당신은 사람의 형상을 하고 있으나
고래다
라고 내내 믿기로 한다

들어봐요
시베리아 자작나무 숲으로 걸어가는 총 맞은 짐승의 뒷
모습에서
흘러나오는 숨찬 음악을
당신이 쏜 화살이 내 심장에 꽂혔을 때 하늘에서 태양이
지워졌어요
육체에서 영혼이 조금씩 새어나가는 것을 내가 느끼듯
그 짐승도 느꼈을 거예요
사후의 세계로 안내하는 벌레들이 육체를 해체하러 오
는 소리
시베리아 자작나무 숲을 다 태워도 그러나
뼈는 잿더미 속에서도 희게 빛날 거예요
통영에서 진주에서 부천에서 혹은 대륙 너머에서
소나기처럼 퍼붓는 광휘들을 다 모아서
죽은 짐승의 영혼에게 바칩니다
죽어가는 내가 바칩니다
당신은 그러므로 음악의 피를 유족들에게 나눠주세요
죽은 자도 음악 없이는 살 수 없어요
하물며 산 자들이야 말해 무엇하겠어요

언제부터였는지 기억나지 않는군요

나비가 날아간 길이 허공의 확장된 혈관이다
햇빛 중 맑은 것들만 혈관 속을 내달린다
공허는 나의 등뒤에서 시든 풀처럼 서걱거리고
등에 바람 냄새 짙게 얼룩진 벌레가 발아래 기어가고
중얼거림으로 시작된 내 노래가 사방에 울창한 숲을 이
룰 때
모든 숲엔 새들이 흥건하나 이 숲엔 새 하나 들지 않는
군요
내가 태어나던 순간의 첫울음을 기억해보려고
태아처럼 웅크리고 있을 때 나비가 다가와 귀에 앉는다
첫울음의 파장으로 나비는 비상(飛翔)을 얻었을까요?
내 혈관에 내 첫울음이 매장돼 있다면
나비를 가루로 만들어 주입하여 그 울음 캐낼 수 있다면……

노래는 울음이 되지만
울음은 노래가 되지 못하고

내 정수리에 태양이 친필로 서명하는 오후 2시
어제 익사한 구름이 축 늘어져 있고
고양이 한 마리가 제 발등에 반복하여 침을 묻히고
나는 구름의 시신을 수습하지 않고
고양이와 나는 서로의 눈을 맞추지 않고
그게 언제부터였는지 기억나지 않는군요

안개 속의 장례

안개 속의 장례는 무덤 속 같았지 산 자들이 유령처럼 보
였지
흰 국화꽃을 놓기가 내키지 않아 옷 속에 몰래 감췄지
먼 곳에서 노래가 들리고 고양이들이 사방에서 저벅저벅
걸어오고
램프를 준비하지 못하여 유족들이 창백한 표정으로 고개
를 떨궜지
유령이 뒤에서 살금살금 다가와 목덜미를 깨물고 피를 즙
처럼
빨아먹는다고 해도 비명을 지를 수 없을 만큼 짙은 안개
등으로 주르르 흘러내리는 피를 핥기 위하여 고양이가 눈
에 불을 켜며
달려든다면 어디로 피할 수 있단 말인가
가장 안전한 사람은 관 속에 든 죽은 자
안개 속의 장례, 우리는 시신처럼 아무 생각이 없었지
죽음이란 게 어쩌면 그 사람의 일생에서 가장 화려한 꽃
이 아닐까
그 꽃을 피우기 위하여 일생 동안 피의 거름을 생산한 게
아닐까
하마터면 즐거운 노래를 부를 뻔했지
죽음을 축하합니다, 당신이 피운 꽃이 우리를 즐겁게 합
니다
누군가 조그맣게 노래를 불렀더라면 이내 합창으로 번졌을

기억할 만한 안개 속의 장례, 더 기억할 것은
옷 속에 감춰온 흰 국화를 화병에 꽂았는데
이상하게 시간이 지나도 시들지 않았지

꽃의 웃음에 대한 비밀

참을 수 없이 웃는 꽃이 가장 진한 빛깔을 낸다

나비가 속삭일 때 그 속삭임마저 참을 수 없는 꽃이
나비가 발가락에 묻혀온 초록물을 살결에 살짝 적실 때
화들짝 놀라 웃음 터진 꽃이

우리가 꺾어온 것은 꽃이 아니라 꽃의 웃음이다
웃을 때 도드라졌던 꽃의 실핏줄이다

꽃이 웃을 때
나비는 쿡 주삿바늘을 찔러넣어
뇌를 뽑아간다
뇌 없이 웃는 꽃
훅— 실성한 꽃!

나비 요리

아무것도 없는 허공에 뛰어들어 소란을 피우는 나비들
저것들을 다 잡아 요리한다면
어떤 재료를 섞어야 할까
허공의 살점 일부를 필히 첨가해야 할 테고
나비의 휴게소인 꽃은 기본 재료
가능하다면 땅에 살면서 나비라는 이름을 얻은
고양이의 눈물을 식용유로 사용하면 좋을 듯

나비의 심장과 나비의 목덜미와 나비의 눈이 섞인 요리
그걸 먹고 나비처럼 펄렁펄렁 날아오른다면
또 어떤 미친 인간이 나를 붙잡아
요리할 상상을 하게 될까

산 그림자

어수룩한 짐승이 산을 내려와 길을 잃고 헤매는 사이
태양이 탕, 탕, 짐승의 등을 조준하며 총을 쏘아대고 있다
허기를 달래려 산을 내려온 짐승이 울부짖으며 그러면서도
산의 테두리를 벗어나지 못할 때
그것을 보는 우리의 허기는 민망해진다
짐승의 순한 눈망울에 걸린 우리의 형체는 먹잇감이 아
니어서
그저 움직이는 나무일 뿐이어서
우리가 해결해줄 수 있는 건 아무것도 없다
짐승은 결국 산을 파먹고 살아야 할 것이다
산의 메아리나 먹고 헛배나 부를 것이다
침묵하고 있는 산과
허기로 침묵하지 못하는 짐승 사이에서
우리는 어정쩡 산책을 하다 말 수밖에 없다
굶주린 짐승이 산으로 돌아가는 모습을 보지 않으려고
한다
그 모습을 본다면 우리도 우우 울부짖으며
산을 파먹게 될까봐
우리의 정신도 허기질 대로 허기져 있었으므로

밀교(密敎)

고요의 지느러미가 서느렇게 밤을 돌아다니고
하늘을 향해 제사를 지내는 나무의 자세가 엄숙하고
끝에 이르러 달의 내장을 꺼내먹는다
제 발자국들을 모아 책으로 편집한 낙타가
나무에 기대어 있다 서역을 건너온 지친 표정으로……
싣고 온 검은 피륙들을 사방에 펼쳐놓은 채……
등에 올라타고 서역으로 가자 청하면
혀를 내빼고 허물어질 것 같은 눈빛으로……
그런 낙타에게 서역의 사막은 어김없는 밀교가 아니었을지
흩날리는 모래들은 거부할 수 없는 문장이 아니었을지
나무의 제사에 참여하지 못한 내가 가만히 서 있을 때
낙타는 등을 낮춰 나무를 싣고 서역의 사막으로 향한다
사막에 한 그루 나무를 심어 문장들을 끌어안을 수 있도
록……
내일 내가 편집할 책은 낙타가 유일한 저자이다
그 책은 나만 아는 밀교여서 세상엔 공개하지 않을 것이다

페루 청년의 구지가(龜旨歌)

빗소리가 점점 가까이 몰려오고
나무 그림자가 나무 속으로 사라지는 마당

담장 위에 앉아 있던 참새가 겉옷을 훌렁 벗어던지며 급
히 퇴장하고
그가 쏟은 지저귐이 질척거리는 마당

빗소리보다 조금 늦게 온 비가 골목을 밀고 들어섰을 때
골목길이 대문 아래로 쏠려들어왔다
신발 자국들이 마당 가득 풀렸다

나무의 뼈가 휘어질 만큼 세찬 비
나무가 정신을 놓은 노파같이 중얼거릴 때

비와 나무 사이
오카리나 소리
신음과 노래가 범벅이 된 중얼거림이 이어지고
조금씩 약해지는 비가 그 선율을 따라 흐느끼고

송내 로데오거리에서 오카리나를 파는
앞집에 세 사는 페루 청년의 구지가(龜旨歌)

거북아, 네 귀두를 밀어넣어라

안 그러면 네 귀두를 자르겠다
거북아 제발! 거북아 제발!

비가 오면 귀두(龜頭)가 더 뜨거워 못 견디는가

모래 냄새를 맡는 밤

그 바람에게서 삭은 모래 냄새가 났다 사막을 헤매다 온 바람이
쉴 거처는 어디인가 휘청거리는 나무들이 모래 냄새를 다 맡고 있다
내게 남겨진 시간이 오늘밤에 불과하다면 그 바람과 함께
숨 놓을 곳을 찾아 다급히 떠돌게 될지도 모른다고 중얼거렸다
곁에 아무도 없으므로 내가 더 극명하게 바람이 되는 순간이다
그 바람의 살결에서 우둘투둘한 흉터가 만져져
뿌리를 캐자면 거슬러 사막에까지 이르러야 할 것이다
사막에 이르러 내 속의 모래들이 우우 내지르는 소리를 듣게 될까봐
사막에 이르지 못하고 휘청거리는 나무 뒤에 숨어
모래 냄새를 맡고 있다 내 기억의 이음새가 모래들로 돼 있어
기억 하나가 지워질 때마다 모래들이 흘러내리는 소리가 난다
내게 남겨진 시간이 다 소진되고 나면 내 몸마저 모래로 흘러내릴까
저 달이 모래들로 가득한 사막이듯이

벼랑의 일각수

벼랑에서 일각수가 기이한 울음을 흘립니다
목숨 있는 것들의 최후가 왜 죽음이어야 하는지
죽지 않고 사라질 수는 없을까요
팽팽하게 잡아당긴 화살을 거두세요
일각수의 뿔이 다른 세상을 향하여
신호를 뿜어내고 있는 듯 환하게 빛납니다
죽음 직전이 처연히 찬란하다면
그건 일각수의 불행이 아니라 사냥꾼의 불행입니다
일각수의 시체를 메고 내려가다 실족할 수 있습니다
우리 눈앞에 문득 다시 나타난 일각수입니다
쫓겨 숲을 쑤시고 다니다가 스스로 벼랑으로 간 일각수
입니다
선택은 일각수가 하게 내버려두세요
죽여놓고 노루나 사슴이었다고 둘러댈 건가요
그 말을 누가 믿겠습니까 일각수가 스스로 벼랑 아래 몸
을 던진다면
그건 일각수의 운명입니다
다만 목숨 있는 것들의 최후가 죽음이 아닐 수만 있다면
좋겠네요 일각수는 우리의 금지된 일탈이니까요

기억의 퇴적층

처음 와본, 그럼에도 언제 와본 것 같은
그런 기이한 장소에서 두리번거려본 적 있니?
지워진 것 같으나
기억의 퇴적층에 묻혀 있는 장소인지
정말 처음 와본 장소인지
확인하느라 시간을 툴툴 써버린 경험 있니?
그럼에도 뚜렷하지 않아
흐릿한 과거인지 혹은 먼 전생의 어느 시간인지
애가 타 발가락이 가려워진 적 있니?
발목 쪽으로 번진 가려움이 무릎과 허벅지를 지나
온몸을 벌레처럼 기어다니는 듯한 느낌에 휩싸인 적 정
말 없니?
외진 곳에 나 홀로 오진 않았을 터
누군가와 다정히
서로의 눈빛에 스미어 밀물처럼 왔을지도 모를 터
기억이 날 듯 안 날 듯
알고 싶을수록 늪에 빠지는 듯한
축축한 기분에 사로잡혀본 적 있니?
기억의 퇴적층을 캐보고 싶은 나를
바람이 거칠게 휩쓸고 햇빛이 눈을 찔러댔지
그냥 돌아가라는 듯이 그게 더 낫다는 듯이

시간이 더 흐르고 나면

무엇엔가 홀린 듯 맴돌았던 그 장소마저
기억의 퇴적층에 묻힐지도 모를 터
그렇게 살아지는 것이겠지만
정말 그러면 과거의 나와 현재의 나는 동일인일까
미래의 나는 현재의 나 그대로일까

그런데 이렇게 중얼거리는 나는 도대체 누구일까

기러기는 아프리카 쪽으로

잠시 입술을 떼어내 목련꽃들 사이에 걸어놓고 싶은 밤
이다
흰밥이 주재료인 음식점을 운영하는 목련에게서
밥 한술 얻어먹을 수 있겠나
아프리카 쪽으로 기러기떼가 날아가는 것을 목격했다고
당신이 말했는데
기러기는 시베리아, 사할린, 알래스카 쪽으로 날아가는
철새라고 말하는 게
무슨 소용 있나 싶은 밤이다 기러기를 구워먹고 소년은
허기를 채웠고
그 소년이 당신으로 성장했는데 기러기에 대해선 당신이
나보다 박사인데
내 연구는 과연 목련꽃들 사이에 기러기는 앉아본 적이
있을까 정도
어제 꿈에 기러기가 울다 갔다고 당신이 말했다
농인 줄 알았는데 진지한 표정이 마치 기러기아빠를 닮
아서
기러기 고기는 질기지 않아? 라고 나는 호주 쪽으로 방
향을 돌렸다
아프리카 하늘은 풍풍풍 풍풍풍 풍성해 기러기들이 충분
히 살아볼 만할 거야!
당신은 소년으로 돌아가 있었고, 그래 나는 기러기에 대
해선 전혀 모르니

풍성한 아프리카 하늘로 날아가는 기러기떼에 대해 아무
거부감도 갖지 않았다
당신의 전생은 아프리카였을지도 모른다고
당신은 기러기를 구워먹은 게 아니라
진흙 기러기를 구워먹은 것이라고…… 그렇게 생각하면
훨씬 편한 밤
아프리카 하늘에서 눈동자가 벌겋게 익은 기러기들이
우는 소리가…… 한국의 목련꽃들 사이로 부풀어 쌓이
는 이미지
근데 아프리카에도 목련이 있나?

지금 보스턴에도 보슬비가 올까

지금 보스턴에도 보슬비가 올까
당신의 어깨 위로 보슬비 소복소복 쌓이는 소리
내 어깨 위로 검은 침묵이 쌓일 때 당신은 자꾸 말을 건다
가보지 않은 보스턴에도 보슬비가 온다면 그곳에서도
한쪽은 말하고 한쪽은 침묵하고 보슬비에 젖고 있을까
개가 소리를 내지 않으면서도 짖으며 지나간다 주인을 끌고
성대를 제거한 개는 얼마나 제 소리가 그리울까
하물며 보슬비도 소리를 내는데
그런데 나는 성대를 제거하지도 않았는데 소리를 못 내
고 있다
내 어깨가 누추하게 느껴지는 까닭은 뭘까
단지 말하지 않음을 침묵이라고 할 수 있나
비에 젖은 침묵을 뭐라 부르나
당신은 자꾸 무언가를 말하고 내가 대답을 하지 않는데
도 말하고
그래도 화를 안 내는 게 신기하다
정말 침묵하려고 한 게 아닌데 보스턴이 나를 왠지 입 닫
게 한다
보스턴에 그리운 누가 살고 있는 것도 아닌데
보스턴에서 누군가 나를 그리워하고 있는 것도 아닌데
보슬비 쌓인 보스턴이 까닭 모르게 내 입을 닫게 한 것
우리의 등뒤로 항구가 서 있다
참 그러고 보니 보스턴도 항구의 도시

왠지 항구는 떠나기만 하는 곳이란 생각

지금 훌쩍 당신이 보스턴으로 떠나버렸으면 좋겠어! 당
신의 말에

내가 화들짝 놀란다 보슬비가 허공에서 잠시 멈칫

그래 보스턴으로 간 내 어깨 위로 보슬비가 쌓일 때

이 항구에서 당신도 보슬비에 젖으며 배를 기다릴까 떠
나려고……

나는 여전히 침묵이고 보슬비는 왠지 보스턴 쪽으로 몰
려갈 듯하고

참으로 오랫동안

느닷없는, 꽃의 붉은 울음
창밖에 수북수북
언어로 무언가를 완성하느라 밤새 끙끙거렸다
가녀린 펜으로
붉은 울음을 듣고도 앉아 있다면 참 아득해지는 일이어서
슬그머니 일어나 창을 열었다
지붕에서 어둠의 유약을 제 몸에 바르던 고양이가 멈칫
내 쪽을 돌아본다 무심히…… 물끄러미……
허공의 유전에서 솟구치는 흐릿한 빛의 원유(原油)
사방으로 튀는 소리
끝없이…… 꽃 없이……
참으로 오랫동안
고갈을 모르고 언어를 주물렀지
아니, 정작 내가 원했던 건
꽃의 붉은 울음을 술잔에 모아
고양이와 나란히 지붕에 앉아 나눠 마시고 싶었지
서로 붉게 붉게 취하고 싶었지
내 속은 원유(原油)를 다 생산해버린 텅 빈 유전 같아, 후
훗―
이봐, 내 등에도 어둠의 유약을 좀 발라주겠니?

허공을 향해 중얼중얼

이미 죽은 달은
어둠이 키운 고래가 삼킬 수도 없는 상한 음식
상차림이 아주 간소하여 허공의 제사는 간결하겠다
사육당한 구름이 사육당하지 않은 구름에 의해
허공 밖으로 끌리고 있다
준비된 죽음이 없듯
준비 없는 내일로 오늘밤은 불안하다
제사가 있는 날은 그래도 축제의 기분으로 자정을 건널
수 있지만
검은 나무의 수척한 표정을 살피며
밑동에 한동안 쪼그려앉아보는 게 그나마 위안
허공을 향해 중얼중얼
언제부터의 습관인지
마치 망인(亡人)과 스스럼없이 오늘 낮의 사소한 얘기를
주고받듯이
기러기가 도망치듯이
육신을 빠져나온 영혼이 이탈하는 소리를 듣다
상한 달을 덥석 삼키고
괴로워하는 고래
뇌우(雷雨)의 시간이다

앓는 눈동자를 꾹 누르면

앓는 눈동자를 꾹 누르면 안개가 뭉글 나온다
안개 속에 까마귀가 섞여나온다
꾹 눌러도 울지 않는 까마귀, 허공에 버린다
픽, 똥을 갈기며 날아가는 검은 뭉치
사방에 안개가 퍼져서 사물이 흐릿해지는가 싶더니 물렁
해진다
죽은 나무들도 쇠붙이도 물렁해져 만지는 게 징그럽다
안개에 홀려 집을 버리고
다른 곳으로 훌쩍 가버린 사람도 있을 것 같다
안개가 뇌 속에 스미어 시간을 잊게 만든다면
나라고 집을 버리지 말란 법 없다
앓는 눈동자를 꾹 누르자 안개가 신음처럼 새어나온다
전생에 뜯어버린 내 날개의 깃털이 묻어나온다
곧 가을이다 잠든 사이 귀뚜라미가 앓는 눈동자 속으로
들어가
잠을 스각스각 갉아먹으며 알을 스는 소리
이후 앓는 눈동자를 꾹 누르면
귀뚜라미 소리가 쌀 서 말을 한꺼번에 쏟듯 풍요로울 것
이다
그것을 반주 삼은 내 가을밤은 아마도 쓸쓸함의 소출이
쏠쏠할 것이다
귀뚜라미 알들이 좀더 푹 익으면
까마귀가 날아와 단숨에 탐할 것이다

까마귀가 들면 앓는 눈동자가 더 어두워지는데
그건 정말 내가 원치 않는 최악의 광경이다
앓는 눈동자를 꾹 누르자
안개에 젖은 까마귀 깃털이 무겁게 흩어진다

낙타의 뼈

낙타의 뼈가 드디어 환하게 빛날 때
사막의 갈증이 잠시 멎어 모래들이 숙연해져요
쓸개를 떼어낸 듯 내내 싱거운 사막이었는데요
잠시 쉬세요 사나운 불의 얼굴로 사막을 건너가다니요
낙타의 부탁입니다 지름길이란 사막에 없습니다
어느 국경에 이르고자 합니까 사막엔 국경이 없습니다
낙타의 뼈는 가져갈 수 없습니다 당신은 낙오자입니까
그럼 더 쉬세요 낙타의 뼈 곁에서 주무시는 잠을 허락합
니다
낙타의 유언입니다 죽은 뒤에도 낙타는 외로운 짐승이거
든요
오래지 않아 당신의 뼈도 낙타의 뼈같이 환하게 빛나게
될지 모르지요
전갈이 당신의 피를 다 빼내고 사막여우가 당신의 살을
발라낼 테니까요
산 채 죽음을 목격하면 끔찍하잖아요 낙타의 뼈 곁에서
잠든 채
서서히 모르게 다가올 죽음을 기다리세요
차라리 죽음을 즐기세요 당신은 이 사막을 결코 벗어날
수 없습니다
낙타의 뼈가 저승길을 무참히 비춰줄 겁니다
수의(壽衣)는 새벽 이슬방울로 짠 옷입니다

구름의 감정

첫번째 빗방울을 제 몸에서 떨굴 때 구름의 감정은 어떠
할까
그 빗방울이 초유(初乳)라면 그걸 가장 먼저 받을 대지
에는
무슨 꽃이 가장 어울릴까
대지를 뚫고 나오는 어린 식물들은 하나같이 지쳐 있다
너무 지쳐 겉늙어버린 것도 있다
구름이 그 식물들을 다 보살필 거라는 것은
구름의 감정을 고려하지 않은 설렘에 불과하다
때론 먹물을 뿌리고 사약을 뿌리는 구름이다 공중에서
빗물은 일그러지고 찢어지고 고소공포증으로 허옇게 질려
정작 대지에 내려와선 초죽음이다
그걸 받아먹고 식물들이 실신하기도 한다
꽃이 피기를 거부하기도 한다
대지의 윤택을 위해 식물들이 마냥
자라오르기만 할까 꽃이 마냥 웃기만 할까 구름의 감정
이 문제다
빗물이 핏물이기도 하다 사월에
혀를 내밀었다가 피비린내를 후끈— 수확하고 만 사월에
지친 식물들이 씨앗 속으로 다시 들어가고 싶어
흙을 발톱으로 파대는 사월에
범벅이 된 대지라는 돼지

미풍, 또한 다 저물고

미풍에 아가미가 간지러운지 물고기가 히죽 웃는다
너무 웃어 아가리가 아픈지 다물 줄을 모른다
물기가 아직 지느러미에 묻어 있다
죽는다는 게 고통일까, 물고기에겐
산다는 게 즐거움일까, 물고기에겐
그 반대일까, 물고기에겐
때론 삶이 푸줏간의 갈고리에 걸린 돼지 사체같이 느껴
질 때 있지
물고기도 그런 느낌이 있었을까 낚싯바늘에 걸렸다가 간
신히
도망친 적이 있다면 그럴 수도……
별의 아가미가 벌름벌름 하늘의 캄캄함을 밀어내고 있다
물고기는
욕정에 올랐을 때같이 한동안 파르르 떨다가 숨을 멎고
누가 내게 당신은 물고기를 닮았군요, 라고 말했다면
아마도 내 지느러미는 오랫동안 앓았을 것이다
내 몸에 돋아난 비늘을 뜯어낼 때마다
미풍이 스쳐지나갔다
몹시 낡은 철제 계단에 앉아서 담배를 태우고 있는 늙은
사내
지느러미에 상처를 입어 집으로 가는 방향을 잃은 게지
내 십몇 년 후의 모습을 미리 지켜보는 일이란
비늘을 강제로 뜯어내는 일보다 쓰라려

미풍에
비의 냄새가 스미어 이내 얼룩이 지는 캄캄
다 저물어
몸이 죽음을 다급하게 부르듯
미풍이 가쁜 숨소리로 출렁인다

악몽

감전된 달이 파르르 떠는 하늘에서 공동묘지처럼 적막한
숲까지
새 하나 없는 밤
새의 모양을 흉내낸 구름도 없다

허공을 종이처럼 구겨
서랍에 넣는 밤
밤새 달그락거리는 달

오늘도 악몽을 꾸게 될까
어제처럼 가위눌리게 될까

제복을 입은 나무들이 창밖으로 몰려와
숲으로 끌고 갈 것 같은
무서운 밤
서늘한 공기
숨소리를 내기도 겁이 나

(새들을 누가 다 죽였나?)

숲에서 두엄같이 쌓인 죽은 새들을 목격하는 악몽
나무들이 거세게 추궁할 때 하얗게 질려
허공에 벌거숭이로 내어 걸리는 악몽

새 없는 숲은 두려워
이제 산책도 못 간다

포로수용소

우리가 새들의 포로일 순 없을까요?
하늘은 높고 새들도 높고
우리는 고개를 들어 그들에게 존경을 표시하면 되지 않
겠어요
높이 있으니 더구나 날아가니 존경받고도 남을 만하지 않
겠어요
물고기를 잡아 바칠 능력이 없으면 스스로 물고기처럼 누
우면 됩니다
향기로운 부리로 저를 쪼아 드세요!
아무 혁명 없이도 퍼렇게 멍든 하늘입니다
그 하늘이 절대적으로 포옹한 새들입니다
지상의 우리에게는 여태 피의 냄새가 납니다
포신은 아직도 화약을 뿜어댑니다
새들에게 지상을 버리지 말아달라고 애원하는 건 구걸입
니다
우리는 하늘에 짓눌린 식물에 불과합니다
새들이 우리를 버렸으므로 하늘이 무겁습니다
무섭다고 해도 무방합니다
구름 속에 저장돼 있던 새들의 울음이
일시에 방류될 때 빗소리로 알아듣기 시작한 게
우리의 죄(罪)입니다
새들과 우리 사이가 갈수록 아득해집니다
지상은 포로수용소입니다

추모 발문

이병률(시인)

이승희(시인)

이재훈(시인)

조동범(시인)

형은, 형이 가보지 않은 곳으로 가려고 합니다

이병률

형.

어디예요?

시간은 힘이 세다고 믿었는데 우리 앞에 놓였던 시간은 맥없이 꺾였네요. 여전히 믿을 수 없는 일 년. 혹시나 거기는 서쪽 어디쯤인지요.

형과 문예창작과 동기였던 나는 형이랑 같이 학교 다니던 때가 많이 기억납니다. 주말이면 학교 앞, 형의 하숙집에서 한 책상에 앉아 같이 시를 썼던 기억이 가장 큰 그림으로 남아 있습니다. 그때 형이 자주 지어줬던 창백하고도 따뜻한 밥에 대한 그리움도 그렇습니다.

형과 함께 시에 대한 고민을 많이 했을 때 우리 반 시 수업도 들어보라고 했던 것도 기억나지요?(당시 서울예대 문예창작과는 A반과 B반으로 나뉘어져 있었습니다.) 쑥스럽게 우리 반에 들어와서는 내 옆에 앉아 수업을 듣던 형의 옆모습도 기억납니다. 쑥스러움을 많이 타는 형을 이 친구 저 친구에게 소개하기도 했었어요. 그 봄날의 마법 같은 햇살들.

형.

그런데 어디예요?

형은 자상한 사람이었습니다. 형은 감탄스러우리만치 순결한 사람이었습니다. 형의 시는 건강하였고 또 그 치열함이 자랑스러웠습니다. 새 같은 사람이었습니다. 몸이 많이 아프다는 안부를 전하면서도 눈 안 가득 시를 생각하는 것 같았습니다. 형을 데리고 간 것은 시라 생각하기로 하였습니다. 그래서 형은 행복한 곳에 도착한 거라 여기기로 하였습니다. 생과의 작별이 많이 이른 것, 당신이 사랑하던 것들을 남겨둔 것, 우리가 더이상 만날 수 없는 것, 모두를 당신의 시라 여기기로 했다구요.

서로가 서로를 업고 신나게 이 시절의 격동을 나눌 줄 알았는데 그러질 못했습니다. 내가 부족해서 형을 혼자 두게 한 탓이었습니다. 이제는 내가 아플게요. 부디 그곳에서는 아프지 마세요. 그곳에서도 형은 시를 쓸, 시를 써야 할 사람이니까요. 영원한 시의 가슴들과 낙타들과 집들을 말입니다.

그래요. 형은 형이 가보지 않은 곳으로 가려고 합니다. 형의 새 시집 원고를 읽는 내내 그런 생각을 막지 못했습니다. "내일이 오지 말기를" 바란다고 시에도 썼지만 형은 먼저 내일에 도착해 있겠네요. "나는 숨이 찬 사람입니다"라는 아픈 문장에 형의 다정한 말투가 얹어진 것 같아 형이 저 문을 열고 들어설 것 같습니다. 하지만 형이 저 문을 열고 들어오더라도 아무것도 연장할 수 없다는 사실은 깊고 춥습니다.

계속 시를 써주세요. 시의 고통과 시인의 고통 모두를 광
풍으로 초월해주세요. 그토록 잠들지 마세요.

형.
어디예요?

당신 앞에 큰 의자가 놓여 있으면 좋겠다

이승희

그날 이후 예상치 못한 방식으로 그는 등장했다. 나의 자작나무 우듬지에 와 앉아 있었고, 나의 올빼미를 안고 있었고, 나의 사과를 한 입 베어 물기도 했다. 검은 물새로도 라일락으로도 고양이와 맨홀로도 나타났다. 큭큭 이유도 없이 웃다가 무심한 낯으로 사라졌다. 마음이 자꾸만 무너지는 것을 어쩌지 못하겠다. 그를 읽을 때마다 어디 하나 아프지 않은 데가 없으니 이걸 어쩌나. 그 많은 상처와 절망이 삶이라는 것을 꼭 그렇게 증명해야 했느냐고 묻지 못하겠다. 죽고 싶은 모든 이유가 살고 싶은 모든 이유인 것을, 꼭 그렇게 아프고 다정하게 말해야 했느냐고도 묻지 못하겠다. 그느린 걸음으로 걸어가던 골목들이 사막으로 변했다. 수면으로 변했다. 그걸 이제 알게 되었다고도 말할 수가 없다. 그의 침묵의 무게를 나는 하나도 모르는 거라고 입을 꾹 다물고만 싶다. 그러고 있으면 그는 슬그머니 나타난다. 함께 강가에 가자, 친구. 강물에 나란히 발을 담그고 앉았다가 취하지도 않는 낮술을 마시다가 깨지 않는 잠에 들어야지. 그가 말하던 영원의 숙박까지는 얼마나 남았을까. 그가 한 말들을 이렇게 담았으나 다하지 못한 것임을 아는 탓에 발밑이 자꾸 꺼진다. 허방 같은 세상이구나. 낡아가는 나의 깃털들이 무겁다. 부리도 무디어지고 발톱은 점점 살을 파고든다.

얼마나의 안간힘이 지나야 아프지 않게 될까. 그의 까마귀 환청이 내게도 자꾸 들린다. 마음이 이럴 줄은 몰랐다. 뭐였나. 이 멍든 시간이 비처럼 내리는 길 위에서 그와 나는, 함께 사라진 우리들의 시간은. 비 내리는 저녁, 젖은 하늘에서 검은 깃털들이 떨어진다. "서쪽에 이르렀을 때 당신 앞에/ 큰 의자가 놓여 있으면 좋겠다"(「뭐였나, 서로에게 우리는」). 그랬으면 좋겠다. 해줄 게 없어서 미안한데, 이 폐허의 마음을 보여서 미안한데, 봄비는 저리 내리고.

사막과 구름을 오고간 시인

이재훈

　김충규 시인은 2012년 봄 「잠이 참 많은 당신이지」를 발표하고 마치, 오래도록 잠을 자려고 작정한 것처럼 이승의 옷을 서둘러 벗었다. 정말 '아무 망설임 없이' 훌쩍, 잠들어버려 남아 있는 많은 이들을 애통하게 했다. 우리는 어느 지방 행사에 축시를 낭송하러 함께 간 인연으로 친해졌다. 처음엔 지방 행사 귀퉁이에서 홀대받아 서러운 마음을 서로 들키지 않으려 애썼다. 하지만 너무나 빤히 들여다보이는 서로의 속마음에 헛헛한 웃음만 지었다. 저녁이 되자 너나없이 속엣것을 다 풀어헤치며 시인으로서의 삶과 시 쓰기의 지난함을 고해성사하듯 한풀이했다. 그날 우리는 서울로 올라오지 못했다. 통음을 하며 비슷한 족속들끼리 주고받는 쓴웃음을 마음에 조금이라도 더 오래 구겨넣으려 했다. 그 후로 나는 과분하게 충규형의 사랑을 많이 받는 동생이자 시의 동력자로 마음을 나누게 되었다.

　김충규의 시는 사막에서 일구어낸 뜨거운 통증이었다. 마치 마음이 데일 것처럼 뜨거운 그의 통각과 허무는 시간성이 탈각된 언어 이전의 어떤 느낌이었다. 사막을 홀로 터덕터덕 걷는 낙타의 상징을 온몸에 분칠한 채 시에 온 생을 밀어넣는 모습에서 시인의 가장 매력 있는 순간을 언뜻 보기도 했다. 김충규의 시는 사막에서 혼자만 울부짖은 건 아니었다. 사막은 시인이 가장 빠르게 혹은 무모하게 먼저 택한 공간일 뿐이다. 그 길고 긴 사막을 빠져나와 물을 찾고 물 속의 사원을 찾았다. 그러면서 시인에게 투영된 통증의 그림자를 수도자의 모습으로 변화하는 데 시간을 들이기도 했다. 하지만 김충규의 시는 늘 남과는 다른 강력한 고통의 자양분을 가지고 있었다. 그것은 또 김충규만의, 김충규에게 가장 적절한 언어의 옷이기도 했다. 마지막까지 그는 행복을, 아름다움을 노래하지 않았다. 아름답게 그려냈지만 종내에 남는 것은 아픈 말들이었다.

김충규의 시가 사막에서 물을 찾아 나서고, 그것도 모자라 공중을 배회하다가 몽상의 숲에까지 기웃거리는 모습을 보며 머리를 몇 번이나 끄덕였는지 모른다. 완전하고 완벽한 시는 이 세상에 없을 테지만, 완전한 시를 향해 끊임없이 걸어가는 김충규의 뒷모습을 보며 또한 얼마나 위안이 되었는지 모른다. 김충규는 나중 '구름'에 제 존재의 많은 부분을 할애했다. 어둡고 축축한 비극이 구름으로 치환되는 찰나가 참 멋있었다. 그의 유고 시집이 나온다니 그 구름 한가운데 "공중의 화원에서 수확한 빛"을 "몰래 당신의 침대 머리맡에 놓아주"고 싶은 날이다. 김충규 시인이 제 "심장을 꺼내 먹"여 "숨을 얻어 허공을 헤엄"친 수많은 독자들을 향해 어떤 표정을 짓고 있을지 궁금한 날이다. 그 흔한 그립다는 말이 너무 모자란 날이다.

이제 더 깊은 잠을 자도 돼요 당신

조동범

이국의 찻집에 앉아 그를 생각한다. 그와 그의 시를 생각하는 밤이다. 창밖의 풍경은 고요하고 낯선 사내들은 담배를 피워 문다. 낯선 이곳에 나의 추억이 없는 것처럼, 이제 그는 지상에 존재하지 않는다. 그는 다만 한줌의 시로 남아 천천히 자신의 한 세계를 중얼거릴 뿐이다. 그의 죽음을 앞에 두고 나는, 그의 마지막 시집 『라일락과 고래와 내 사람』을 읽는다. '죽음'이라는 비극조차 '당신'이라는 따스함의 언어로 어루만지고 있는 바로 그 시집을 읽는다.

어쩌면, 그의 죽음을 떠올리며 이 시집을 읽는 이들에게는 시에 담긴 죽음의 이미지가 두드러지게 환기될지도 모르겠다. 그리고 그들은 시인의 죽음과 시의 죽음을 하나의 연장선상에 놓고 눈물을 흘릴지도 모른다. 그러나 시에 등장하는 죽음의 이미지는 결코 한 시인의 죽음과 비극을 호명하는 것이 아니다. 시인은 오히려 끊임없이 '당신'을 소환함으로써 애끓는 서정을 작품 안에 풀어놓는다. 그는 누구보다 따뜻한 서정의 시선으로 자신의 시적 세계를 구축해 나간 시인이다.

그리고 나는 그 따스함의 첫 페이지로 89년의 어느 봄날을 떠올린다. 제대 후 복학한 그는 끊임없이 몸을 혹사시키며 술을 마시고, 눈물을 흘리고, 시를 썼다. 그의 건강이 좋지 않다는 것을 안 것은 한참의 시간이 흐른 뒤였다. 무엇이 그를 그토록 혹독한 치열함의 한가운데로 몰아넣었는지는 알 수 없었으나, 그의 삶 한가운데 시가 있었음은 분명했다. 나는 그의 사후에 이르러서야 치명적이었을 그날의 술잔과 한 줄의 시구를 떠올린다. 그러나 그는 자신의 모든 것이었을 시와 문학적 삶에 대해 단 한 번도 후회하지 않았으리라.

이국의 찻집에 앉아 그를 생각하는 것처럼, 그의 죽음은 아직도 생소하여 쉽게 발음되지 못한다. 여전히 죽음은 낯설고 그의 부재는 믿기지 않는다. 라일락이 피고, 라일락이 지고, 해변의 모래사장으로 고래의 낯선 죽음이 밀려 올라오는 날들을 떠올리면 가끔씩 그가 기억날 것이다. 봄은 깊고, 꽃은 지지 않고, 어느새 바람은 불어온다. 그리고 나는 그의 시구를 빌어 그에게 한마디 말을 건넨다.

이제 "더 깊은 잠을 자도 돼요 당신"(「잠이 참 많은 당신이지」). 자, 이제는…… 당신.

김충규 1965년 경남 진주에서 태어나 서울예술대학교 문예창작과를 졸업했다. 1998년 문학동네신인상에 「낙타」 등 5편의 시가 당선되어 등단했다. 시집으로 『낙타는 발자국을 남기지 않는다』 『그녀가 내 멍을 핥을 때』 『물 위에 찍힌 발자국』 『아무 망설임 없이』가 있다. 제1회 미네르바작품상과 제1회 김춘수시문학상을 수상했다. 출판사 '문학의 전당' 대표와 계간 『시인시각』 발행인을 역임했다. 2012년 3월 18일 새벽, 영면에 들었다.

문학동네시인선 037
라일락과 고래와 내 사람
ⓒ 김충규 2013

1판 1쇄 2013년 3월 18일
1판 6쇄 2024년 10월 15일

지은이 | 김충규
책임편집 | 유성원
편집 | 김민정 김필균 강윤정 김형균
디자인 | 수류산방(樹流山房) 본문 디자인 | 유현아
저작권 | 박지영 형소진 최은진 오서영
마케팅 | 정민호 서지화 한민아 이민경 왕지경 정경주 김수인 김혜원 김하연
          김예진
브랜딩 | 함유지 함근아 박민재 김희숙 이송이 박다솔 조다현 정승민 배진성
제작 | 강신은 김동욱 이순호
제작처 | 영신사

펴낸곳 | (주)문학동네
펴낸이 | 김소영
출판등록 | 1993년 10월 22일 제2003-000045호
주소 | 10881 경기도 파주시 회동길 210
전자우편 | editor@munhak.com
대표전화 | 031) 955-8888 팩스 | 031) 955-8855
문의전화 | 031) 955-2696(마케팅), 031) 955-2678(편집)
문학동네카페 | http://cafe.naver.com/mhdn
인스타그램 | @munhakdongne 트위터 | @munhakdongne
북클럽문학동네 | http://bookclubmunhak.com

ISBN 978-89-546-2078-9 03810

www.munhak.com

문학동네